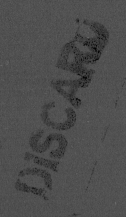

ALGO PASA EN MI CIUDAD

Para aquellas familias que han perdido a un ser querido por motivos de injusticia racial, y para todos aquellos que trabajan por un futuro donde valoremos y celebremos la diversidad.
MARIANNE CELANO, MARIETTA COLLINS, Y ANN HAZZARD

Para quienes protegen, grandes y pequeños.
JENNIFER ZIVOIN

Algo pasa en mi ciudad, un relato sobre la injusticia y el racismo, 2020
Marianne Celano, Marietta Collins, y Ann Hazzard
32 pp. 21 x 21 cm
ISBN 978-84-16470-03-7

Título original en inglés: *Something Happened In Our Town*, publicado por *Magination Press* en 2018.

© Fineo Editorial, S.L.
www.editorialfineo.com
Ave. Ciudad de Barcelona 87,1
Madrid, España

Published by
Magination Press
American Psychological Association
750 First Street NE
Washington, DC 20002
Magination Press is a registered trademark of the American Psychological Association.

For more information about our books, including a complete catalog, please write to us, call 1-800-374-2721, or visit our website at www.apa.org/pubs/magination.

ALGO PASA EN MI CIUDAD

UN RELATO SOBRE LA INJUSTICIA Y EL RACISMO

Marianne Celano, PhD, ABPP, Marietta Collins, PhD,
y Ann Hazzard, PhD, ABPP

Ilustradora Jennifer Zivoin

FINE○ EDITORIAL

Sabíamos que algo malo había pasado en nuestra ciudad. La noticia estaba en la televisión, en la radio y en internet. Los adultos creían que los niños no sabíamos nada, pero los niños de la clase de la profesora García habíamos oído a otros niños grandes hablar de lo que había ocurrido, y había muchas preguntas en el aire.

Después del colegio, Emma le preguntó a su mamá:

–¿Por qué la policía le disparó a ese hombre?
–Fue un error –dijo su madre–. Siento pena por él y por su familia.
–Así es, el policía creyó que tenía un arma– añadió su padre.
–No fue un error –intervino su hermana Liz–. Le dispararon por ser negro.
Pero Emma no quedó satisfecha, los niños del grupo de la profesora García habían escuchado a otros niños grandes hablar de eso, y ella quería saber exactamente qué había pasado.

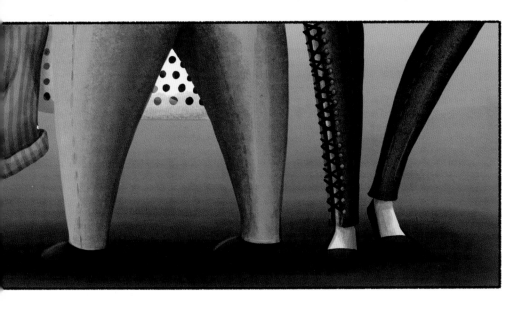

Emma estaba confundida.

—Él era moreno oscuro, no negro— dijo ella.
—Algunas personas negras tienen la piel más oscura que otras— explicó el padre de Emma. —Por lo general, 'negro' se refiere a los afroamericanos; la mayoría de sus antepasados fueron traídos de África como esclavos.

–Sé lo que es un esclavo –dijo Emma–. Es alguien que
está obligado a hacer todo lo que otro le ordena.

–Así es, los esclavos tenían que obedecer a la gente blanca.
Incluso cuando terminó la esclavitud, la gente blanca no
permitía que las personas negras vivieran en cualquier sitio,
ni tampoco los dejaban ir a sus escuelas, ni a los lugares
donde iban ellos, ni siquiera les permitían votar.

–¿Y las personas blancas son de aquí?
–Las personas blancas vinieron de muchos lugares
de Europa, Rusia y otros países. Nosotros somos
blancos, aunque nuestra piel no sea tan blanca.

–¿Nuestros antepasados pensaban esas cosas equivocadas?– preguntó Emma.
–Sí –respondió su mamá–. En aquel entonces muchos blancos creían que eran mejores que los negros, aunque eso no fuera cierto. Algunas personas blancas siguen pensando, equivocadamente, que la mayoría de la gente negra es peligrosa.

–¿Era peligroso el hombre que mataron?– preguntó Emma.
–No –dijo su mamá–. Dispararle fue un error, y ese error
se repite mucho.
–¿Como el dibujo de mi manta?– preguntó Emma.
–Sí, pero esa reacción que se repite implica
ser bueno con los blancos y malo con los
negros. Es un modelo de injusticia.

—Imagina que a tu fiesta de cumpleaños invitas a todos los de tu grupo,
menos a los niños negros, ¿cómo crees que ellos se sentirán?– preguntó su madre.
—Se pondrían tristes… o se molestarían– contestó Emma.
—Y tú perderías una oportunidad, porque nunca sabrías quién podría ser tu amigo o tu
amiga– intervino Liz.
— Pero tú puedes ayudar a los demás a ser justos– dijo su mamá.
—¿Cómo cuando le digo a Ana que no se burle de Ling por su nombre?– preguntó Emma.
—¡Exacto! Así de simple– contestó su mamá, y le dio un fuerte abrazo.

En otra casa, José preguntó a su mamá:

—¿La policía puede ir a la cárcel?

—Sí. ¿Por qué lo preguntas?— dijo su madre.

—¿Van a meter a prisión al policía blanco que le disparó al señor negro?— preguntó José.

—El policía hizo algo malo— respondió ella.

—Pero no irá a la cárcel– intervino el padre de José.

—¿Por qué no?– preguntó José.

—Los policías se ayudan entre sí –contestó Mario,
el hermano de José–. Y no les gustan los negros.

—¿Por qué?, si algunos policías son negros– dijo
José, confundido.

—Tienes razón. El tío Jaime es policía, y mi amiga Kenya también— dijo su mamá.

—Existen muchos policías, blancos y negros, que toman buenas decisiones —dijo su padre—. Pero no podemos confiar en que siempre harán lo correcto.

–A mí me podría detener la policía, simplemente por ser negro, aunque no haya hecho nada malo– continuó Mario.

–Eso no es justo. Si el hombre que iba en el carro hubiera sido blanco, ¿también le habrían disparado? – preguntó José.

–Probablemente ni siquiera habrían detenido el carro– dijo su padre.

–A veces tratan mejor a los blancos que a los negros. Y eso no es correcto. Todos debemos ser tratados de la misma manera- agregó su madre.

La madre de José lo abrazó.

—Estamos orgullosos por ser quienes somos. Harriet Tubman, Martin Luther King, Jr. o Nelson Mandela fueron líderes fuertes y valerosos. Ellos nos mostraron que podemos luchar por nuestros derechos y ser un ejemplo para los demás. Ellos fueron tratados de manera injusta, pero ayudaron y enseñaron a los demás a ser justos.

–Pero hay personas que no lo quieren
reconocer– exclamó furioso su padre.
–¿Por qué te enfadas?– dijo José.

–Me enfurece cuando se nos trata
de manera injusta, pero puedo usar
mi enojo para mejorar la situación
–dijo su padre–. Los negros tenemos
mucho poder si nos unimos para
hacer que las cosas cambien.

–Yo tengo poder. Y soy inteligente– dijo José.
–Es verdad– contestó su padre, sonriendo.

–Tú puedes ayudar a cambiar los corazones de las personas cuando defiendes a quienes son tratados de manera injusta– agregó su madre.

–¿Como cuando Mario me defiende si otros niños se burlan de mí por usar lentes?,– preguntó José. –Él les dice que se alejen.

–¡Exacto! Así de simple– dijeron sus padres.

Al día siguiente llegó un chico nuevo a la clase de Emma y José.
Su nombre era Omad y venía de un país muy lejano.

Omad no sabía dónde sentarse ni qué hacer. Era su primer
día en esa escuela. Hablaba poco, y era difícil entender lo que
decía. Comentó que apenas estaba aprendiendo el idioma.

Después de comer, todos salieron a jugar fútbol.
Daniel y Sofía eligieron a los miembros de sus equipos.
Todos quedaron en uno de los equipos, pero nadie quiso elegir a Omad.

Daniel dijo que quizá Omad no sabía jugar porque era nuevo. Sofía dijo que tal vez Omad no era bueno jugando fútbol.

José recordó lo que su mamá había dicho acerca de defender a quienes trataban a otros de manera injusta.

Emma recordó lo que su mamá le había dicho acerca de las fiestas de cumpleaños y los patrones de injusticia.

Y de pronto Omad
ya no estaba solo.

Emma y José lo llevaron a su equipo.
—Ya tenemos suficientes jugadores, no lo necesitamos— dijo Daniel.
Pero José estaba decidido. —Apártate, él va a jugar— dijo.
—Así es, no lo vamos a dejar fuera— dijo Emma.

Así de simple, Emma y José hicieron un nuevo amigo
y crearon un nuevo modelo de comportamiento en su escuela.

Acerca de las autoras

MARIANNE CELANO, PhD, ABPP; MARIETTA COLLINS, PhD; y ANN HAZZARD, PhD, ABPP, trabajaron juntas durante más de dos décadas como miembros de la Facultad de Medicina de la *Emory University* apoyando a niños y familias de Atlanta. Las tres psicólogas han participado en los esfuerzos de la comunidad por la salud conductual de los niños y la justicia social. Las doctoras Celano y Hazzard han desarrollado y utilizado historias con fines terapéuticos para niños y adolescentes, tanto para uso individual como en grupo. Las autoras tienen en alta estima la lectura de historias con sus hijos, quienes les enseñaron importantes lecciones acerca de lo que los niños necesitan de los adultos. Este es su primer libro ilustrado para niños.

Acerca de la ilustradora

JENNIFER ZIVOIN siempre disfrutó las historias y la narrativa, así que elegir carrera como ilustradora resultó natural. Estudió diversos medios, desde la ilustración hasta la realidad virtual, y se graduó en Artes con honores por la Universidad de Indiana. Durante su carrera profesional, Jennifer ha trabajado como diseñadora gráfica y posteriormente como directora creativa para, finalmente, encontrar su propio espacio como ilustradora de libros infantiles.

Acerca de Fineo

FINEO EDITORIAL es una editorial española que se ha especializado en libros infantiles y guías para padres y maestros, en las áreas de educación socioemocional, igualdad, cultura de la legalidad, ética, cívica, prevención de violencia, entre otras áreas. Publica los libros de *Magination Press* en español.

Acerca de Magination Press

MAGINATION PRESS es un sello de la *American Psychological Association*, la organización científica y profesional de psicólogos más importante en los Estados Unidos y la mayor asociación de psicólogos en todo el mundo.